부우부우의 큰 안경

글, 그림 ● 안느 롬비
Anne Romby

"정말 어쩔 수 없는 아이야."
"너, 오늘 간식은 없어."
엄마도 아빠도 화가 나셨습니다.
"오오라 부우부우,
화병을 깨뜨렸구나!
또 실수했나 보지?"
아사 아저씨가 다정하게 묻자,
부우부우는 눈물을 닦으며
고개를 끄덕였습니다.

부우부우는 아주 귀엽고 작은 코끼리입니다.
그런데 가엾게도 눈이 나빠 잘 볼 수가
없습니다.
"엄마, 어떤 사람이 창으로 이 쪽을 봐요.
야, 누구냐? 대답해 봐."
"아, 가엾은 부우부우…….
그건 네가 거울에 비친 거란다."

"야아, 바나나다, 바나나."

"엄마, 어디가 바나나니?
안경 좀 써!"
"미안해……."

"와, 앉을 만한
바위가 있네.
저기 앉아서 배를
구경해야지."

부우부우가 걸터앉는 순간…….
"부우부우, 왜 그래, 무거워."
"어! 악어구나."

이야기를 듣고 있던 아사 아저씨에게
좋은 생각이 떠올랐습니다.
옆 마을에 사는 이름난 안과 의사,
부루 선생님이라면 부우부우에게
꼭 맞는 안경을 만들어 주실 것이
틀림없습니다.

MiMOViLLA
1 Km

이 곳은 옆 마을입니다.
그런데 아사 아저씨가 잠시 한눈을
판 사이에 부우부우가 없어졌습니다.
"부우부우, 어디에 갔니?
부우부우, 어서 나오너라."
아사 아저씨는 허둥거립니다.

조금 뒤 아사 아저씨는
어이가 없어 웃고 말았습니다.
부우부우는 트랙터와
이야기를 하고 있지 뭐예요.
"하마 아저씨, 왜 말을 안 하세요?
화가 나셨나요? 배가 아프신가요?"

"아저씨! 여기 좀 보세요.
작은 자전거가 있어요.
동그란 모양, 사각형 모양,
빨강, 파랑, 노랑.
그런데 누가 이걸 타지요?"
부우부우는 안경가게
진열대 앞에서도
또 엉뚱한 말을 합니다.

"음, 아주 심한 근시인데. 하지만 걱정마.
안경을 쓰면 무엇이든지 잘 보이니까."
그런데 이 안경 저 안경,
어떤 안경을 써 봐도 부우부우에게는 작습니다.
부루 선생님은 아주 난처하게 되었습니다.

바로 그 때, 부루 선생님의 친척인
에딩이 놀러 왔습니다.
"아저씨, 오랜만입니다. 병원 간판으로
썩 어울릴 만한 커다란 안경을 가져왔어요."
부루 선생님은 그 큰 안경을 보자,
옳거니 하고 손뼉을 치셨습니다.
"오, 에딩, 그거 참 좋구나. 아주 꼭 맞겠는데."

부루 선생님은 안경을 받아서 순식간에
부우부우에게 꼭 맞는 안경으로 고쳤습니다.
"자, 여기 부우부우의 안경이 있습니다.
어떻습니까? 잘 어울리지요."
부루 선생님은 자신 있다는 표정입니다.
아사 아저씨도 손뼉을 치며 좋아했습니다.

집으로 돌아오는 길에 부우부우는
나비랑 꽃들을 보고 깜짝 놀랍니다.
"야, 꽃은 정말 예쁘구나.
나비는 이렇게 생겼네."
부우부우는 좋아서 어쩔 줄을
몰라했습니다.

오늘은 부우부우의 생일.
엄마가 만들어 주신 케이크에는
촛불이 네 개 꽂혔습니다.
이제 부우부우는 무엇이든지
잘 보입니다.
부우부우, 정말 생일 축하해.

WORLD PICTURE BOOK

부우부우의 큰 안경

어린이 여러분께

지금까지 여러분의 나라는 아주 먼 나라라고 생각했지만, 이 그림책을 쓴 뒤부터는 아주 가깝고 친근함을 느끼게 되었어요. 여러분의 나라에는 그림책 속의 부우부우와 같이 안경을 쓴 사람들이 많이 있겠지요. 눈이 나쁘면 부우부우와 같은 실수를 하기도 하고, 아주 불편하답니다. 여러분도 눈이 나빠지지 않도록 조심하세요.

글, 그림 ● 안느 롬비 (Anne Romby)

■ 프랑스에서 태어나다. 현재 스트라스부르에서 살고 있다.

■ 아트 데코레이티브(장식미술) 학교를 마치다.
프랑스의 출판계에서 활동을 하고 있다.

World Picture Book ⓒ1985 Gakken Co., Ltd. Tokyo.
Korean edition published by Jung-ang Educational Foundation Ltd. by arrangement through Shin Won Literary Agency Co. Seoul, Korea.

■ 발행인 / 장평순 ■ 편집장 / 노동훈
■ 편집 / 박두이, 김옥경, 이향숙, 박선주, 양회숙, 김수열, 강혜숙
■ 제작 / 문상화, 장승철, 이상헌
■ 발행처 / 중앙교육연구원(주)(서울시 종로구 관철동 258번지)
　　대표전화 : 563-9090, 등록번호 : 제2-178호
■ 인쇄처 / 갑우문화(주) 경기도 파주시 교하면 문발리 469번지(문발공단)
■ 제본 / 태성제책(주)(서울특별시 구로구 가리봉동 505-13)
■ 1판 1쇄 발행일 / 1988년 12월 30일, 1판 24쇄 발행일 / 1998년 11월 30일
■ ISBN 89-21-40240-3, ISBN 89-21-00003-8(세트)